KB244860

행복 마을을 만든 바바 왕

장 드 브루노프 지음 | 길미향 옮김

지은이 장 드 브루노프(1899.12.9-1937.10.16)

프랑스에서 화가로 활동했던 장 드 브루노프는 글과 그림을 통합한 새로운 형식의 그림책 바바 시리즈로 프랑스를 대표하는 그림책 작가가 되었습니다. 비록 폐결핵에 걸려 37세의 짧은 나이에 생을 마감하였지만, 그림책도 예술 작품이 될 수 있다는 그의 생각은 이후 많은 그림책 작가들에게 영향을 주었습니다.

옮긴이 길미향

한국외국어대학교 대학원에서 불어를 공부했습니다. 현재는 도서를 국내외에 소개하는 일과 전시 기획을 하고 있습니다.
'2009년 동화책 속 세계 여행(예술의 전당)' 전시를 기획했고, 옮긴 책으로는 〈비밀의 집 볼뤼빌리스〉〈잃어버린 천사를 찾아서〉 〈비밀의 정원〉〈나침반〉〈굿바이 수학〉〈4년 6개월 3일〉 등이 있습니다.

행복 마을을 만든 바바 왕

펴낸날 2012년 6월 11일 초판1쇄
지은이 장 드 브루노프
옮긴이 길미향

펴낸이 김남호
펴낸곳 현북스(주)
출판등록 2010년 11월 11일 제313-2010-333호
주소 121-895 서울시 마포구 서교동 404-5 씨즈빌딩 201호
전화 (02)3141-7277 / 팩스 (02)3141-7278
홈페이지 www.hyunbooks.co.kr

편집책임 조정원
디자인 나모커뮤니케이션
마케팅 송유근

ISBN 978-89-97175-18-5 17860
ISBN 978-89-97175-17-8(세트)

바바 왕과 셀레스트 왕비는 아주 행복했어요.
바바 왕이 도시에서 지낼 때 돌보아 준 할머니가
코끼리 나라에 와서 함께 살기로 했기 때문이에요.
할머니는 어린 코끼리들에게
재미난 이야기를 들려주었어요.
원숭이 제피르도 나무에 올라 이야기를 들었어요.

바바 왕은 코넬리우스와 함께 커다란 호숫가로 산책을 갔어요.
코넬리우스는 코끼리 나라에서 가장 나이 많고, 지혜로운 코끼리였어요.
바바 왕이 코넬리우스에게 말했어요.

"정말 아름다워요. 아침마다 이 경치를 볼 수 있다면 행복할 거예요.

여기에 코끼리 마을을 만들어야겠어요.
꽃과 나무, 새들로 둘러싸인 물가에 집도 짓고요."

어느새 뒤따라온 제피르는 팔랑거리는 나비를
잡으려고 했어요.

나비를 잡으러 가던 제피르는 친구 아더를 만났어요.
아더는 달팽이 사냥을 좋아했어요. 둘이서 한참 달팽이를 찾고 있는데
갑자기 낙타들이 줄지어 나타났어요.
하나, 둘, 셋, 넷…… 여덟, 아홉, 열…….
낙타는 제피르와 아더가 셀 수 없을 만큼 많았어요.
대장 낙타가 다가와 물었어요.

"애들아, 바바 왕은 어디 계시니?"

아더와 제피르는 낙타들을 바바 왕에게 안내해 주었어요.
낙타들이 지고 온 커다란 짐은 바바 왕이 셀레스트 왕비와 여행 중에
산 물건들이었어요. 바바 왕은 대장 낙타에게 감사 인사를 한 후,
할머니와 코넬리우스를 향해 말했어요.

"이제 마을을 지을 준비가 다 되었습니다."

바바 왕은 코끼리들을 불러 모은 뒤,
큰 소리로 말했어요.

"여러분, 이 커다란 짐들은
여러분에게 드릴 선물입니다. 우리 마을을 다 짓고 나면 나누어
드리겠습니다. 그런데 마을 이름을 '셀레스트빌'이라고 하면 어떨까요?
왕비의 이름을 따서요."

"좋은 생각이에요! 암, 좋은 생각이고말고요!"

코끼리들은 코를 흔들며 환호했어요.

코끼리들은 서둘러 일을 시작했어요.
아더와 제피르가 도구를 나누어 주었어요.
바바 왕은 각자 해야 할 일을 알려 주었어요.
코끼리들은 커다란 귀를 펄럭거리며
나무를 자르고, 땅을 파고,
돌을 나르고, 못을 박았어요.
할머니는 코끼리들을 위해 음악을 틀었어요.
바바 왕은 가끔 트럼펫을 연주하며 분위기를 띄웠지요.
모두 기쁜 마음으로 열심히 일했어요.

호수에 사는 물고기들이 모여 투덜거렸어요.

새들도 한데 모여 코끼리 이야기를 하고 있었어요.
펠리컨과 홍학, 오리와 따오기 그리고 작은 새들까지 모여
수다를 떨었어요.
앵무새들이 들뜬 목소리로 되풀이 말했어요.

"가장 아름다운 마을, 셀레스트빌을 보러 오세요!
가장 아름다운 마을, 셀레스트빌을 보러 오세요!"

여기가 바로 셀레스트빌이에요.
일을 끝낸 코끼리들이 쉬고 있었어요. 목욕을 하는 코끼리도 있었고요.
배를 타고 한 바퀴 둘러본 바바 왕은 코끼리 마을이
아주 마음에 들었어요.

코끼리들에게 자기 집이 생겼어요.
창문을 열면 커다란 호수가 바로 보였어요.
할머니 집은 왼쪽 맨 위에, 왕과 왕비의 집은 오른쪽 맨 위에 있었어요.
도서관은 예술 회관 옆에 있었고요.

오늘은 바바 왕이 약속을 지키는 날이었어요.
바바 왕은 코끼리들에게 선물을 나누어 주었어요.
일할 때 입을 튼튼한 옷과 축제 때 입을 멋진 옷도 주었어요.
코끼리들은 바바 왕에게 고맙다는 인사를 하고,
신이 나서 춤을 추며 집으로 돌아갔어요.

바바 왕은 다음 일요일에 극장 정원에서 마을 잔치를 열자고 했어요.
덕분에 정원사들은 할 일이 많아졌어요.
길을 쓸고, 꽃밭에 물을 주고,
화분들을 제자리에 가져다 놓았어요.

어린 코끼리들은 코넬리우스에게 코끼리 노래를 배웠어요.
왕과 왕비를 깜짝 놀라게 해 주려면
일요일까지는 완벽하게 외워야 했어요.
어린 코끼리들은 마음을 다해 박자를 맞추었어요.

코끼리들의 노래

멜로디

가 사

1절
파탈리 디라파타
크롬다 크롬다 리팔로
파타 파타
코 코 코

2절
보코로 디풀리토
론디 론디 페피노
파타 파타
코 코 코

3절
엠마나 카라솔리
루크라 루크라 퐁퐁토
파타 파타
코 코 코

해설 : 이 노래는 코끼리들의 옛날 노래예요. 하지만 코넬리우스도 이 가사가 무슨 뜻인지는 몰라요.

요리사들은 맛있는 음식을 준비하느라 바빴어요.
셀레스트 왕비가 요리사들을 도우러 왔어요.
아더와 제피르도 왔어요.
제피르는 바닐라 크림이 제대로 되었는지 맛을 보려고 했어요.
아더는 자기도 맛을 보고 싶어 안달이 났어요.

그런데 제피르가 크림을 맛보기 위해 머리를 숙여 혀를 내민 순간,
그만 크림 속에 빠지고 말았어요.
화가 난 주방장이 제피르의 꼬리를 잡고 건져 올렸어요.
요리사들이 웃음을 터뜨리고, 아더는 혼날까 봐 얼른 숨었어요.
셀레스트는 크림 범벅이 된 제피르를 씻기러 데려갔어요.

드디어 일요일, 멋지게 차려입은 코끼리들이 정원에 모였어요.
어린 코끼리들이 코끼리 노래를 불렀어요.
바바 왕은 너무 기분이 좋아서 어린 코끼리들에게 뽀뽀를 해 주었어요.

요리사들이 만든 케이크는 아주 맛있었어요!
모든 게 정말 멋진 날이었어요!
하지만 아쉽게도 하루가 너무 빨리 지나가 버렸어요.

다음 날, 어린 코끼리들은 호수에서 목욕을 하고 학교에 갔어요.
어린 코끼리들은 선생님인 할머니를 좋아했어요.
할머니와 함께 공부하면 전혀 지루하지 않았거든요.
어린 코끼리들이 자리에 앉자, 할머니가 문제를 냈어요.

"2 곱하기 2는?"

"3이요." 아더가 대답했어요.
"아니야, 정답은 4." 옆에 있던 오틸리가 말했어요.
"사라고? 뭘 사?" 제피르가 엉뚱한 소리를 했어요.

그러자 아더가 다시 대답했어요.
"정답은 4입니다. 선생님, 이젠 잊어버리지 않을게요."

나이가 너무 많아 학교에 나오지 못하는 코끼리들은
직업을 가졌어요.

타피토르는 구두 수선공, 필로파쥬는 장교, 카풀로스는 의사,
바르바콜은 재단사, 포둘라르는 조각가, 아트시봉은 청소부,
둘라모르는 음악가, 올루르는 정비사, 푸티푸르는 농부, 팡다고는 박사,
쥐스티니앙은 화가 그리고 코코는 광대가 되었어요.

만일 카풀로스가 구멍 난 신발을 갖고 있다면,
타피토르에게 가져가면 돼요.
타피토르가 아프면, 카풀로스가 돌봐 줄 거예요.
바르바콜이 조각상을 갖고 싶다면, 포둘라르에게 부탁하면 돼요.
포둘라르의 옷이 낡으면, 바르바콜이 새로운 옷을 만들어 줄 거예요.
쥐스티니앙은 필로파쥬의 초상화를 그려 주고,
필로파쥬는 적들이 나타났을 때 쥐스티니앙을 지켜 주지요.
아트시봉은 거리를 청소하고, 올루르는 자동차를 수리하고,
이들이 피곤해지면 둘라모르가 음악을 들려주어요.
팡다고는 어려운 문제를 해결하고 난 다음,
푸티푸르가 기른 과일을 먹어요.
코코는 모두를 즐겁게 해 주고요.

셀레스트빌에 사는 코끼리들은 오전에는 일을 하고,
오후에는 자기가 하고 싶은 일을 했어요.
놀기도 하고, 산책도 하고, 책도 읽고, 꿈도 꾸고…….
바바 왕과 셀레스트 왕비는 테니스 하는 것을 좋아했어요.

코넬리우스, 팡다고, 포둘라르와 카풀로스는
잔디에서 공놀이 하기를 좋아했어요.
아이들은 광대 코코와 함께 놀았어요. 아더와 제피르는 가면을 썼어요.
어린 코끼리들은 여러 가지 놀이를 찾아서 신 나게 놀았어요.

하지만 코끼리들이 가장 좋아하는 건

극장에서 연극을 보는 것이었어요.

이른 아침, 아트시봉은 물 뿌리는 자동차로 거리를 청소했어요.
아더와 제피르는 재빨리 신발을 벗고 맨발로 따라갔어요.

"와, 시원하다! 자동 샤워기야!"

둘은 깔깔대며 말했어요.
그런데 이 모습을 바바 왕에게 들키고 말았어요.

"요 말썽꾸러기들아, 맛있는 간식은 없을 줄 알아라."

바바 왕이 소리쳤어요.

아더와 제피르는 짓궂은 장난을 잘 쳤어요.
하지만 해야 할 일도 열심히 했어요.
아더와 제피르는 할머니의 피아노에 맞추어 바이올린과 첼로를
연주했어요. 바바 왕과 셀레스트 왕비는 깜짝 놀랐어요.

"녀석들, 제법인걸. 너희들이 좋아하는 케이크를 마음껏 먹으렴."

바바 왕이 흐뭇한 얼굴로 말했어요.

방학식 날이었어요.
코넬리우스가 뛰어난 학생들에게 상을 주었어요.

"최우수 음악상은 아더와 제피르!"

상을 받은 아더와 제피르는 머리에 화관을 쓰고, 상장을 옆구리에 끼고,
자랑스럽게 제자리로 돌아왔어요.

"……자, 이제 즐거운 방학을 잘 보내기 바랍니다!"

연설을 끝낸 코넬리우스가 의자에 앉았어요.
오, 저런! 의자 위에 있던 코넬리우스의 모자가 찌그러졌어요.

제피르가 말했어요. 깜짝 놀란 코넬리우스가 찌그러진 모자를
안타깝게 바라보았어요.

할머니는 새 모자에 깃털을 달아서 주겠다고 했어요.
그리고는 코넬리우스의 기분을 풀어 주기 위해 회전목마를 타러 가자고
말했어요. 그 회전목마는 바바 왕이 코끼리들을 위해 만든 것이었어요.

포둘라르가 목마를 조각하고,
쥐스티니앙은 색을 칠했어요.
올루르는 발전기를 설치했고요.
세 코끼리들 모두 솜씨가 아주 뛰어났어요.
바바 왕이 타는 자동 말도 셋이서 만들었어요.

올루르가 기름을 친 후에 바바 왕이 자동 말에 올랐어요.
셀레스트빌 건립 기념일에 타려면
미리 점검해야 하니까요.

기념식을 하기에는 아주 좋은 날씨였어요. 아더와 제피르, 음악대가
맨 앞에 섰어요. 코넬리우스가 새로운 모자를 쓰고 뒤따랐어요.

그 뒤로 군인들과 상인들이 따라갔어요. 행진하지 않는 다른 코끼리들은
멋진 광경을 지켜보았어요.

기념식이 끝나고
집으로 돌아오는 길에 제피르는
이상한 막대기를 발견했어요.

제피르가 막대기를 잡으려고
하는데 갑자기 뱀이 머리를 들고
'쉭쉭' 소리를 냈어요.

그러더니 순식간에
제피르를 안고 있던 할머니의 팔을
꽈악 물었어요.

화가 난 아더가 나팔로
뱀의 몸통을 힘껏 내리치자
뱀이 죽었어요.

그런데 할머니의 팔이 퉁퉁
부어올랐어요.
서둘러 병원으로 갔어요.

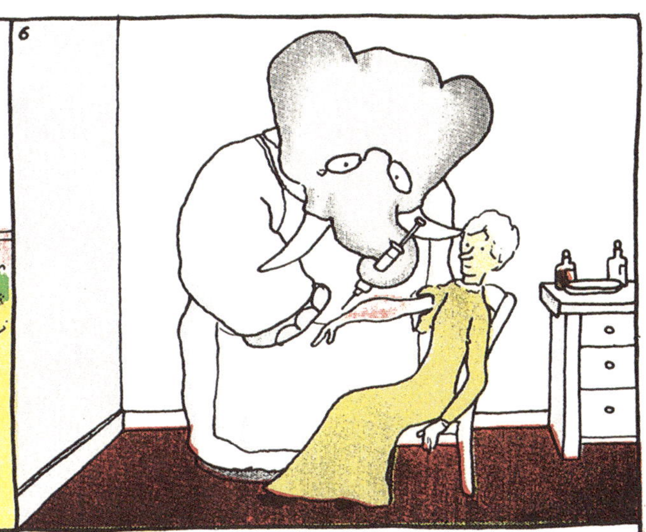

카풀로스 의사 선생님이
할머니를 살펴보고,
얼른 주사를 놓았어요.

할머니는 많이 아팠어요.
슬픔에 잠긴 제피르는
할머니 곁을 지켰어요.

카풀로스가 바바 왕에게 말했어요.

바바 왕이 병원에서 나오는데 "불이야!" 하고 외치는 소리가
들려왔어요. 코넬리우스의 집이 불타고 있었어요.

소방관들이 창문으로 코넬리우스를 구해 냈어요.
코넬리우스는 불이 붙은 기둥에 맞아 상처를 입었어요.
카풀로스는 재빨리 코넬리우스를 눕히고 응급 치료를 했어요.

이번 불은 성냥개비 하나 때문에 생긴 사고였어요.
코넬리우스가 불이 덜 꺼진 성냥개비를 쓰레기통에 잘못 던진
것이었어요.

그날 밤, 바바 왕은 침대에 누워 눈을 감았지만 잠이 오질 않았어요.

"정말 끔찍한 하루였어!"

바바 왕은 곰곰이 생각했어요.

'잘 시작했던 하루를 왜 잘 마무리하지 못한 걸까?
셀레스트빌에 두 가지 사건이 있기 전에는 모두가 행복하고
평화로웠는데……. 불행이 있다는 것을 깜빡 잊고 있었어!
오, 불쌍한 코넬리우스, 그리고 사랑하는 할머니.
두 분이 낫기만 한다면 내 왕관을 바칠 수도 있을 텐데…….
아! 이 밤이 왜 이리도 길게 느껴지는지…….
그런데 왜 이렇게 불안한 거지?'

바바 왕은 겨우 잠이 들었어요.
그런데 어디선가 문을 두드리는 소리가 들렸어요.
똑! 똑! 똑! 그리고 누군가 말했어요.

"나는 불행이다. 내 친구들과 함께 너를 보러 왔다!"

바바 왕이 창문으로 살짝 내다보았어요.
끔찍한 괴물들이 할머니를 둘러싸고 있었어요.
바바 왕이 가까스로 소리를 질렀어요.

"흥! 어서 꺼져 버려!"

하지만 곧 작은 소리가 들려와 입을 다물었어요.
프르르! 프르르! 프르르! 새들이 한꺼번에 나는 소리 같았어요.
바바 왕은 자기를 향해 오는 천사 코끼리들을 보았어요.

… 천사 코끼리들이
불행을 멀리 쫓아버리고
행복을 가져왔어요.
그 순간, 바바 왕은 꿈에서 깨어났어요.
기분이 한결 좋아졌어요.

바바 왕은 얼른 옷을 입고 병원으로 달려갔어요.
오, 이럴 수가! 바바 왕은 자기 눈을 믿을 수가 없었어요.
병원에 있던 코넬리우스와 할머니가
정원에서 산책을 하고 있었어요.

"이제 다 나았습니다."

코넬리우스가 웃으며 말했어요.

"그런데 배가 고프네요.
빨리 아침 먹으러 가요.
그리고 나서 우리 집을 다시 지어야겠어요."

일주일 후에 할머니는 친구들을 모아 놓고 말했어요.

"아무리 어려운 일이 있어도
절망해서는 안 된다는 것을 이제 알았겠지?
사나운 뱀은 나를 죽이지 못했고,
코넬리우스도 다 나았으니
즐거운 마음으로 열심히 일하자.
그리고 앞으로 행복하게 잘 살자꾸나."

그날 이후,
코끼리 나라에서는
모두가
행복했답니다.

그림책을 예술로 승화시킨
장 드 브루노프

프랑스의 작가이자 바바를 창시한 일러스트레이터로 잘 알려져 있는 장 드 브루노프(Jean de Brunhoff)는 1899년 12월 9일, 출판인이었던 아버지 모리스와 어머니 마거리트의 막내아들로 태어났습니다.

제1차 세계 대전이 거의 끝나갈 무렵에 참전하였다가 돌아온 후, 프로 작가가 되기로 결심한 그는 파리의 그랑드 쇼미에르 아카데미에 다니며 그림 그리는 일에 몰두하였습니다.

재능 있는 클래식 피아니스트였던 세실 사보로드와 1924년에 결혼하여 이듬해에 첫째 아들 로랑을, 그 이듬해에 둘째 아들 매튜를, 그리고 9년 후에는 셋째 아들 티에리를 낳고 행복한 가정을 꾸렸습니다. 하지만 불행하게도 폐결핵에 걸려 1937년 10월 16일, 그의 나이 겨우 37세로 세상을 떠났습니다. 그의 유해는 파리에 있는 페르 라세즈 공동묘지에 안장되어 있습니다.

바바의 탄생

어린이 그림책의 역사에 있어서 중요한 의미를 지니는 바바 책은 장(Jean)의 아내 세실이 아이들을 위해 만든 이야기에 기초하고 있습니다. 세실은 잠자리에서 아이들에게 이런저런 이야기를 들려주곤 했습니다. 그 중에서도 아이들은 사냥꾼에 의해 엄마를 잃고, 정글을 떠나 도시로 오게 된 어린 코끼리 바바에게 푹 빠져들었습니다. 장은 아이들과 함께한 소중한 추억을 남기고 싶은 마음에서 이 이야기를 그림책으로 출간하였습니다.

처음 나왔을 때의 책은 커다란 판형으로, 필기체로 쓰인 글에 수채화 형식의 그림이 통합되어 있었습니다. 장면 구성의 혁신성, 단순한 단어와 문장들, 가족애와 우정에 기반한 자유로운 코끼리 사회의 묘사로 바바 책은 출간되자마자 폭발적인 인기를 얻었습니다. 또한 그림책도 예술 작품처럼 감상할 수 있다는 발상의 전환은 당시로서는 아주 획기적인 것이었습니다.

첫 번째 책인 〈바바 이야기 Histoire de Babar〉 이후에 6권이 더 발간되어 장은 모두 7권의 작품을 남겼습니다. 아버지의 뒤를 이어 장남 로랑은 1946년부터 지금까지 계속해서 바바 시리즈를 이어 가고 있습니다. 이제 바바는 프랑스의 위대한 유산이 되었고, 전 세계 어린이들의 사랑을 받고 있습니다.

행복 마을 셀레스트빌 방문기

전시회 준비니 뭐니 해서 바쁜 일상에 지친 내게 평화로운 휴식이 간절할 무렵, 나는 한 통의 편지를 받았다. 그것은 바로 바바 왕으로부터 온 초대장이었다. 숲으로 둘러싸인 아름다운 월든 호수를 떠올리며 셀레스트빌로 가는 발걸음은 내내 가벼웠고, 가슴은 두근두근 설레고 있었다.

아뇨, 아쉽게도 우리 코끼리 마을엔 피부 관리실이 없답니다. 하하하! 농담입니다. 아마도 그건 우리 마을에 늘 웃음과 행복이 가득하기 때문 아닐까요? 서로가 서로를 사랑하고, 아무리 어려운 일이 닥치더라도 함께 도와 해결하니까요. 게다가 저는 어릴 적 동심을 간직하기 위해 노력하고 있습니다. 왕이 되었다고 해서 다른 코끼리들을 무시하거나 저의 사사로운 이익을 위해 마을을 운영할 생각이 전혀 없으니까요. 그러다 보니 매일매일이 즐겁고 행복한 마음입니다.

사람들은 행복에 대한 열망이 아주 큽니다. 이곳의 코끼리들은 모두 행복해 보이던데 그 비결은 무엇입니까?

우리 코끼리 마을에서는 모든 코끼리들이 평화롭고 만족스러운 삶을 살아갑니다. 그건 아마도 경쟁과 차별이 없기 때문이 아닐까 생각합니다. 모든 코끼리들은 자신이 원하는 직업을 가질 수 있어요. 물론 직업의 차이에 따른 차별도 없고요.

'일인은 만인을 위하고, 만인은 일인의 행복을 위해 존재한다'는 말이 있지요? 모두가 각자의 일을 하면서 공동체에 기여하고, 그로 인해 자신이 공동체에 꼭 필요한 구성원이라는 존재감을 느끼기 때문에 누구 하나 소외되지 않습니다.

더구나 오전에만 일하고 오후에는 자기 계발을 하거나 자신이 원하는 일에 몰두할 수 있기 때문에 정신적으로도 풍요로운 삶을 누린다고 볼 수 있지요. 오로지 먹고살기 위한 생계 수단으로서의 직업은 인간들도 견디기 힘들 겁니다. 장 아저씨도 아마 이 코끼리 마을을 통해서 당신이 원하는 삶의 모습을 실현해 놓으신 거 아닌가 하는 생각이 듭니다. 예술도 먹고살기 위해 억지로 하면 힘든 거니까요. 하하하!

그건 남의 말 하기 좋아하는 일부 사람들의
의견 아닐까요? 저는 단지 정글의 수많은
위험으로부터 코끼리들을 보호하고,
코끼리들의 복지를 위해 애썼을 뿐입니다. 오직
코끼리들을 위한다는 생각밖에 없었고요.
장 아저씨도 그 부분에 대해서는 동의하지
않으시리라 생각해요. 아저씨는 자연을 사랑하는
평화주의자였으니까요. 저는 아저씨가 당신 자식들을
위한 책을 만들면서 그런 순수하지 못한 의도를
가졌을 리가 없다고 확신합니다.

도서관 건물에는 학교와 복지관 등이 딸려
있어요. 예술 회관 건물에는 연극과 영화를
관람할 수 있는 극장과 파티를 열 수 있는
무도회장이 있고요.
문화와 예술을 사랑하는 장 아저씨의 의견이기도
하고, 저도 공감해서 이렇게 지었답니다. 사실 우리
코끼리 마을에서는 배우고 즐기는 것 외에는 다른
것이 필요하지 않습니다. 다른 모든 것은 자연에서
해결할 수 있으니까요.
또한 모든 집들은 창문을 열면 바로 눈앞에 호수가
보이도록 설계했습니다. 왜냐하면 호수를 바라보는
일은 자기 자신을 바라보는 것과 같으니까요. 자기
자신을 제대로 바라보는 코끼리는 결코 자기 양심을
속일 수가 없어요. 우리 코끼리 마을에 범죄가 없는
것도 다 그런 이유에서랍니다.

제가 어렸을 때 엄마는 사냥꾼의 총에 맞아
돌아가셨어요. 저도 사냥꾼에게 쫓기는
신세가 되었고요. 정신없이 도망치다 보니
정글을 벗어나 큰 도시로 가게 되었죠. 그때 할머니를
만났어요. 물론 그때는 할머니도 젊으셨지요.
할머니는 저를 사랑과 정성으로 돌보아 주셨어요.
먹이고, 입히고, 재우고, 학교도 보내 주셨지요.
지금은 할머니가 코끼리 마을로 오셔서 우리와 함께
지내시니 얼마나 행복한지 모릅니다.
그리고 코넬리우스는 저에게 아버지 같은
분이십니다. 언제나 제 곁에서 힘들 때마다
용기를 주시고, 도와주시지요. 그래서 무슨 일이든
코넬리우스와 상의하고 결정합니다.

제 몸의 반쪽이 무너지는 것 같은
심정이었습니다. 아니, 두 분이시니까
제 몸이 모두 무너지는 것 같았다고
해야겠네요. 저는 왕의 자리를 버리더라도 두 분이
다시 건강해지시길 진심으로 빌었습니다. 다행히
이렇게 회복되셔서 얼마나 감사한지 모릅니다.

아더는 저와 셀레스트 왕비의 사촌
동생입니다. 한번은 이 녀석 때문에
코뿔소들과 한바탕 큰 싸움이 일어났어요.
아더가 코뿔소 꼬리에 화약을 묶어서 터뜨렸거든요.
장난이 너무 심했죠.
제피르는 할머니가 정글에서 사시는 게 적적하실
것 같아 함께 지내라고 한 원숭이입니다. 이 녀석도
만만치 않은 말썽꾸러기랍니다. 하지만 맑고 순수한
이 녀석들은 아무리 말썽을 피워도 결코 미워할 수
없는 구석이 있습니다. 아주 착하고 따뜻한 성품을
지닌 아이들이니까요.

코끼리 마을에서 특별히 신경 쓰는 부분은
아이들 교육에 관한 것입니다. 코끼리
아이들에게 코끼리 마을의 미래가 달려
있으니까요. 모든 코끼리들로 하여금 자주적 생활
능력과 코끼리 마을 구성원으로서의 자질을 갖추게
하여 코끼리 마을의 발전에 봉사하고, 더 나아가 정글
전체의 평화 유지에 기여하는 것이 코끼리 학교의
교육 이념입니다.
모든 코끼리들은 평등하게 교육받을 권리가 있고,
경쟁이나 우열을 가리지 않기 때문에 성적이나
등수는 아예 매기지 않습니다. 스스로 문제를
해결하고, 남을 먼저 배려하며, 상식의 선에서
행동하는 코끼리들로 키우는 것에 중점을 두고
있습니다.

글·'동화책 속 세계여행' 전시기획자 홍경기